MW01103692

La Nuit de l'Halloween

Carole Tremblay

La Nuit de l'Halloween

roman

Boréal

Cet ouvrage a été publié avec l'appui du Programme de
subvention globale du Conseil des Arts du Canada.

Maquette de la couverture: Rémy Simard
Illustrations: Dominique Jolin

© Les Éditions du Boréal
Dépôt légal : 4ᵉ trimestre 1992
Bibliothèque nationale du Québec

Diffusion au Canada : Dimedia
Distribution en Europe : Les Éditions du Seuil

Données de catalogage avant publication (Canada)

Tremblay, Carole, 1959-

    La nuit de l'Halloween
    (Boréal Junior; 20)
    Pour les jeunes.
    ISBN 2-89052-504-X
    I. Titre. II. Collection.

PS8589.R39N84 1992   jC843'.54   C92-097086-9
PS9589.R39N84 1992
PZ23.T73N84 1992

À François, mon premier lecteur
À Gabrielle, qui le suivra bientôt

Mimi marchait lentement. Elle poussait les feuilles mortes avec son pied le long de la chaîne de trottoir. Allait-elle se déguiser en gitane ou en pirate? Elle n'arrivait pas à se décider.

Sa mère possédait un vieux déguisement de pirate qu'elle avait confectionné à l'époque où elle faisait du théâtre. Bien sûr, il était un peu grand, mais les couleurs étaient resplendissantes. Le bandeau, d'un rose fuschia, brillait à cause des millions de paillettes qui le décoraient. Le cache-œil avait été perdu, mais Mimi saurait facilement s'en fabriquer un: un bout de carton noir, une paire de ciseaux et le tour serait joué.

Par contre, le costume de gitane lui allait à ravir. Elle ressemblait à une vraie petite diseuse de bonne aventure là-dedans. Mathieu la trouverait sûrement très jolie dans la jupe à grands plis. Elle pourrait se mettre du noir autour des yeux. Pour une fois, sa mère serait d'accord. Seulement pour courir et jouer avec tous ces jupons...

— Alors, tu te décides? lui demanda Carla.

— Je ne suis pas tout à fait sûre, mais je crois que ça sera en pirate, répondit Mimi encore songeuse. Et toi?

— Je te l'ai dit cent fois, c'est une surprise. Tu verras ce soir.

Carla, elle, était décidée depuis trois semaines. Son costume était prêt, accroché à un cintre, suspendu à un crochet derrière sa porte de chambre. Elle se déguisait en princesse.

Carla est la meilleure amie de Mimi. Elles sont toujours ensemble. Sauf la nuit, évidemment. Parce que la nuit, elles rentrent chacune dans leur maison pour dormir. Comme tout le monde, quoi.

Sauf que cette nuit, elles ne se quitteront pas. Cette nuit, c'est spécial. Tout ça à cause de Mlle Duhaime, la maîtresse qui a le plus d'idées dans l'univers. Mlle Duhaime a organisé une nuit d'Halloween à l'école. Pas une petite activité de rien du tout après la classe comme les autres maîtresses. Une nuit d'Halloween. Une nuit au complet.

— Vous n'oubliez pas que c'est ce soir qu'on fait la fête, leur avait rappelé Mlle Duhaime avant de quitter la classe.

Comme s'ils pouvaient oublier une chose pareille!

— Vous devez être ici à dix-neuf heures précises, avec votre costume et votre sac de couchage.

Ce n'était pas la peine d'user de la salive pour ça. Tous les élèves se rappelaient du moindre détail de l'organisation de la soirée.

Mlle Duhaime, qui était un ange parfois, leur avait donné congé de devoirs et de leçons afin de leur laisser plus de temps pour se préparer.

Mimi avait avalé son souper en deux bouchées. Le pâté chinois dans la première. La tarte aux pommes dans l'autre.

—Mimi! Veux-tu bien mâcher un peu! l'avait grondée sa mère, en tournant les pages d'un magazine.

La mère de Mimi mangeait rarement en même temps qu'elle. Elle soupait vers huit heures, heure à laquelle son pâtissier personnel rentrait du travail. Ce n'est pas que la mère de Mimi soit assez riche pour se payer un pâtissier, c'est juste que son nouvel ami, Olivier de Laritoche, travaille dans une pâtisserie. Ils se réchauffent le souper dans le micro-ondes et se racontent leur journée en mangeant. Rien de très palpitant pour Mimi. Au fond, elle préfère manger seule. Au moins, elle peut avaler en deux bouchées et courir faire autre chose après.

—Maintenant, tu vas faire tes devoirs, lui dit sa mère en refermant le magazine.

Elle regarda l'heure.

—Est-ce que j'ai le temps de me faire un masque au concombre? Mimi, est-ce que tu aurais deux minutes pour m'aider?

— Mais maman! s'exclama Mimi.

— Bon, si tu ne veux pas, ce n'est pas très grave, je le ferai toute seule.

— Ce n'est pas que je ne veux pas, c'est que ce soir, c'est l'Halloween!

— Mon Dieu Seigneur! s'écria la mère de Mimi. Et j'ai complètement oublié d'acheter des bonbons. Mimi pourrais-tu courir à l'épicerie m'acheter...

— Mais maman!

— Mais maman... Mais maman... Tu as bien cinq minutes, Mimosa!

Quand sa mère l'appelait Mimosa, c'est qu'elle était sur le point de se fâcher.

Mimosa est le vrai nom de Mimi. Mimosa, comme la fleur. Toute sa vie, Mimi en voudrait à son père de n'avoir rien fait pour empêcher cette catastrophe. Parce que bien sûr, c'était une idée de sa mère. Celle-ci tenait mordicus à affubler sa fille d'un nom original. Mimosa! Comme si c'était un nom pour une personne humaine... Est-ce qu'on appelle les fleurs Stéphanie ou Étienne?

Mathieu, lui, au moins, avait un nom normal. Un nom de garçon pour un garçon. Il ne s'appelait pas Peuplier ou

Rhododendron. Il s'appelait Mathieu comme deux autres garçons de la classe et personne ne riait de lui.

— Tu te prépareras après. Cours vite, ça te fera faire de l'exercice.

— Et qu'est-ce que je ramène?

— Ce que tu veux, ma chérie. Qu'est-ce qu'ils aiment les enfants de ton âge?

Comme si les enfants de son âge étaient une race homogène qui aimait tous la même chose! Les parents! Des fois, on dirait qu'ils ont reçu un coup de marteau sur la tête le jour de leurs vingt ans et qu'ils ont oublié comment c'était avant.

— Ça dépend qui! répondit Mimi.

— T'achèteras ce que tu voudras. Ce que tu aimes. On en fera pas une question d'État. Allez, file!

À l'épicerie, Mimi tourna plusieurs fois autour du rayon des bonbons. Elle hésitait. Si elle prenait les meilleurs, ça lui briserait le cœur de savoir que sa mère les distribuerait tous pendant son absence. Si elle prenait les moins bons, elle aurait l'impression de commettre une tentative d'empoisonnement sur les enfants du quartier.

À la fin, son grand cœur l'emporta. Elle prit deux paquets de caramels qu'elle classait parmi les grands plaisirs de la vie et un sac de bonbons aux framboises dont Carla raffolait. Elle en prendrait quelques-uns dans chaque sac avant de partir.

Sur le chemin du retour, elle croisa plusieurs sorcières et quelques clowns accompagnés de leurs parents. Ils portaient des citrouilles de plastique à la main mais elles étaient encore vides pour la plupart.

— Mimi, peux-tu t'occuper de répondre, si ça sonne? demanda sa mère en surgissant derrière la porte de la salle de bains. Elle avait un masque au concombre étalé sur le visage. Ses yeux gris-bleu semblaient enfoncés dans la vase.

— Il faut que je parte dans cinq minutes! hurla Mimi. Et mon costume n'est pas tout à fait prêt.

— Cinq minutes! Ça ne peut pas attendre un peu? La citrouille n'est même pas installée à la fenêtre!

— Je ne peux pas. Mlle Duhaime a dit que nous devions être à l'école à dix-neuf heures précises.

— Tu t'en vas à l'école? demanda une bouche rose au milieu d'une étendue de crème verdâtre.

— Mais maman, je te l'ai déjà dit! C'est la nuit d'Halloween que Mlle Duhaime a organisée. Je vais dormir à l'école!

— Mon Dieu, Seigneur! J'avais complètement oublié! articula la bouche rose pendant qu'une main allait s'écraser dans le crémage.

— Zut! lâcha la mère de Mimi en regardant sa main beurrée de crème au concombre.

Mimi ne put s'empêcher de penser que le coup de marteau, que sa mère avait reçu le jour de ses vingt ans, lui avait aussi fait sauter quelques neurones. Elle était bien gentille, la mère de Mimi. On ne pouvait pas lui reprocher grand chose sauf que pour la mémoire, elle avait un sacré problème. Pas étonnant qu'elle ait abandonné sa carrière de comédienne. Il aurait fallu réinventer les souffleurs. Qu'est-ce

qu'on joue ce soir? aurait-elle demandé à ses collègues estomaqués.

On sonna à la porte.

— Mimi! cria sa mère, paniquée.

— Je n'ai pas le temps, souffla Mimi en courant vers sa chambre. Fais comme si j'étais déjà partie.

La mère de Mimi hésita un instant. Puis, elle se dit que c'était l'Halloween et que tout était permis. Elle marcha vers la porte avec une poignée de bonbons dans la main.

Mimi l'entendit ouvrir. Le grincement de la porte fut suivi d'un petit cri de femme. Le petit cri fut lui-même suivi d'un long hurlement. Le hurlement, qui était celui d'un enfant, se transforma en pleurs. La voix féminine essaya de calmer le petit garçon effrayé. Rien n'y fit. La mère de Mimi s'excusa. La mère du petit garçon aussi. L'échange d'excuses s'acheva dans la confusion la plus totale sous les cris incessants du bambin.

— Mimi! cria sa mère quand elle eut refermé la porte. Occupe-toi de répondre à la porte deux minutes, le temps que j'aille me rincer le visage. Je fais peur aux enfants. Je ne peux pas continuer comme ça!

Mimi déguisée en pirate passa en trombe avec son sac de couchage fourré dans son sac à dos.

— Excuse-moi, je suis déjà en retard! Bonsoir, maman. À demain.

Elle sortit en courant. En descendant l'escalier, elle croisa une grappe de raisins et un chat qui montaient chez elle.

Elle n'était pas parvenue à la maison des Guérin, qui sont les voisins les plus proches, qu'elle entendit la grappe de raisins pousser un cri de terreur.

Mimi courait en slalommant sur les trottoirs entre les monstres et les animaux plus ou moins reconnaissables. «Il y en a qui ne se forcent pas tellement», songea-t-elle en regardant un garçon qui avait pour tout costume deux grosses barres de rouge à lèvres sur le visage. Franchement... Nez Pointu, la directrice de l'école de Mimi, mettait plus de soins à se peinturer tous les jours et personne ne lui donnait de bonbons pour autant. Les diverses couches de fond de teint, de bleu, de vert, de noir et de parfum n'arrivaient pas à camoufler l'appendice nasal qui lui avait valu son surnom. Ç'aurait été plus court et plus pratique de mettre un masque.

Mais allez donc faire comprendre ça à une grande personne. Surtout quand elle est directrice d'école...

Mimi s'arrêta net dans ses réflexions quand un cri strident la gela sur place. Le cri provenait de la ruelle, à quelques pas. Elle jeta un coup d'œil dans la rue. Personne ne semblait avoir entendu. Les enfants costumés continuaient leur tournée sans faire attention. Un martien la bouscula sans s'excuser. Mimi voulut le rattraper pour lui enseigner les bonnes manières terrestres, mais elle laissa tomber. Elle était trop intriguée par le cri. Toujours plantée debout sur le trottoir, elle tendit l'oreille mais n'entendit rien d'autre que des rires derrière elle. Puis, au moment où elle allait se remettre à marcher, un cri déchira à nouveau la nuit. Mimi se retourna promptement, mais tout ce qu'elle vit fut une petite fille d'environ trois ans qui se serrait contre les jambes de sa mère. Elle pointait un fantôme du doigt et criait:

— Tu m'avais dit que les fantômes n'existaient pas! Tu me l'avais juré!

La mère la prit dans ses bras pour lui expliquer que ce n'était qu'un déguisement et la petite fille cessa de pleurer.

Mimi se remit à marcher, en se disant qu'elle s'en faisait pour rien. Il y avait tellement de monde dans la rue qu'il ne pouvait pas s'y passer grand chose. Elle jeta quand même un coup d'œil dans la ruelle quand elle la traversa.

Sur le coup, elle n'y vit rien d'anormal. Puis, elle aperçut quelque chose qui bougeait dans la cour de la plus proche maison. Mimi hésita. On ne voyait pas grand chose, la nuit était très noire et aucun lampadaire n'éclairait la ruelle. Ce n'était peut-être qu'un sac de poubelle. Elle n'allait pas se mettre en retard pour aller examiner un sac de poubelle de près.

Mimi fit quelques pas dans la ruelle et hésita encore. Sur la corde à linge de la première maison, des vêtements se balançaient au vent. Leur mouvement faisait grincer la poulie. C'était assez lugubre. Mimi se dit que Carla s'impatienterait si elle n'arrivait pas bientôt.

Mimi allait repartir quand la forme dans la cour se mit à bouger. Elle dut faire un effort pour ne pas hurler. La chose gémit. Mimi enleva son cache-œil et sortit son sabre de plastique de sa gaine. Elle avança lentement vers la cour en brandissant son arme droit devant elle. Le paquet sombre bougea à nouveau, puis se déplaça rapidement, au ras du sol, jusqu'à la cabane de jardin derrière laquelle il se cacha. Mimi était de plus en plus intriguée. Elle poussa la porte de la cour et fit quelques pas sur la terre humide et froide.

— Il y a quelqu'un? demanda-t-elle, la voix étouffée par la peur.

Il n'y eut pas de réponse.

Mimi regarda autour d'elle. C'était désert. Le linge se balançait toujours sur la corde. Il n'y avait pas de lumière dans la maison. Sur le balcon, il y avait un râteau et une pelle. Mimi prit la chose en note. Si jamais elle devait se défendre, ça pourrait toujours servir.

La chose sortit brusquement derrière la cabane de jardin en grognant. C'était une masse noire et informe d'environ 50 centimètres de haut. Ça avait l'air

d'un tas de chiffons, mais ça bougeait constamment. La partie avant s'agitait de gauche à droite. Tout à coup, un museau en surgit duquel s'échappa un aboiement furieux.

Mimi recula précipitamment jusqu'à s'adosser à la clôture de grille métallique. Le chien se débattit et réussit à s'échapper du long tissu noir dans lequel il était empêtré. Il fonça vers Mimi aussitôt qu'il fut libéré. Mimi le tenait à distance en le menaçant avec la pointe de son sabre de plastique. De sa main gauche, elle tâtonnait pour retrouver la porte de la clôture.

Mimi tressaillit quand elle entendit une voix crier:

— Milou! Ça suffit! Viens ici!

Le chien, qui n'avait pourtant rien d'un fox-terrier, s'arrêta brusquement d'aboyer et se retourna vers la cabane de jardin en agitant la queue. Puis, comme s'il avait oublié l'ordre, il recommença de plus belle.

C'est alors qu'un capitaine Haddock d'à peine un mètre dix sortit de sous le balcon de la maison. Ses genoux étaient noirs de terre et sa barbe était tout de travers.

— Milou, arrête!

— Le chien courut vers lui en bondissant.

— Qu'est-ce que tu veux? demanda le capitaine Haddock, qui ne devait pas avoir plus de six ans.

— Rien... balbutia Mimi, un peu hébétée.

— Je n'ai plus de bonbons, j'ai déjà tout donné à tes amis.

— Mes amis? demanda Mimi, éberluée.

— Le vampire et l'homme des cavernes, continua le petit bout de capitaine.

— Ce ne sont pas mes amis, souffla Mimi.

— T'es sûre que tu connais pas de vampire, espèce d'ectoplasme?

— Ah, ça, je suis sûre, répondit Mimi en souriant. Pourquoi? Qu'est-ce qu'ils t'ont fait?

— Ils m'ont tout volé. Ma citrouille et ma banque Unicef. L'homme des cavernes m'a traîné de force ici et le vampire a emballé Milou dans une couverture qui pendait sur la corde. Qu'est-ce que tu fais là, toi?

— Ben... rien. Je t'ai entendu crier...

— J'ai même pas crié. Et puis, tu peux baisser ton épée, Milou, il ne te mordra pas.

Mimi remit son épée dans sa gaine et s'avança vers le garçon.

— Ça va? Ils ne t'ont pas fait mal?

— Non, non. Presque pas.

— C'étaient des grands?

— Ah oui... Je dirais au moins douze ans.

— C'est vrai?

— Peut-être onze, mais grands...

— Et c'est pas toi qui as crié? lui demanda Mimi, sceptique.

— Non, c'est pas moi, répondit fièrement le mini-capitaine Haddock. C'est une fille déguisée en princesse. Les grands l'ont emmenée ici et quand ils ont vu qu'elle n'avait rien, ni bonbons ni banque Unicef, ils lui ont tiré les cheveux puis ils sont repartis vers l'autre rue.

— Et où elle est maintenant?

— La fille? Est-ce que je sais, moi? D'où j'étais, je n'ai pas pu voir dans quelle direction elle est partie. On pourrait peut-être demander à Milou de la chercher? C'est un champion pour retrouver les trucs perdus.

— Non, on oublie ça, veux-tu, lui dit gentiment Mimi. C'est une bonne idée, mais je n'ai pas le temps. Je suis déjà en retard. Allez, viens. Je vais te ramener chez toi.

— Je suis capable de rentrer tout seul, répondit-il en ouvrant la porte de la clôture. Viens Milou.

— Mimi lui emboîta le pas. Ils marchèrent en silence jusqu'à la rue.

— Salut, bachibouzouk, lança-t-il avant de piquer vers la gauche.

— Salut, capitaine! répondit celle-ci en le regardant foncer droit devant lui, sans se retourner.

Mimi courut jusque chez Carla. Arrivée devant l'immeuble, elle se fraya un passage parmi les petits enfants qui grimpaient péniblement l'escalier les menant au troisième étage, là où habitait la famille Sanchez. Elle n'eut pas besoin de sonner, la porte était grande ouverte. Mme Sanchez était appuyée contre l'encadrement de la porte et distribuait des bonbons, le petit Eduardo accroché à sa robe.

— Mais Carla est déjà partie, ma pauvre Mimi, lui dit Mme Sanchez, une poignée de tires Sainte-Catherine à la main. Elle ne cessait de répéter: «Mais qu'est-ce qu'elle fait, Mimi? Mais qu'est-ce qu'elle fait?» J'ai dit: «Tu lui téléphones et tu sais ce qu'elle fait.» Mais tu étais partie de chez toi. Alors elle continuait à dire: «Mais qu'est-ce qu'elle fait?» J'ai dit: «Tu vas voir et tu cesses de me casser les oreilles...» Alors, elle est partie. Tu ne l'as pas rencontrée?

Mme Sanchez, la mère de Carla, pouvait parler des heures si on ne l'arrêtait pas. Elle roulait les «r» de façon si jolie que c'était un plaisir de l'entendre. Mais en ce moment, Mimi n'avait pas le temps de s'extasier sur les sonorités chantantes de son accent chilien.

— Merci, Madame Sanchez. Elle doit déjà être rendue à l'école. Je cours la rejoindre.

— C'est une princesse, cria Eduardo, les yeux brillants. C'est la belle princesse Carla...

Il était en adoration totale devant sa grande sœur.

—Merci, Madame Sanchez. Au revoir, Eduardo! dit Mimi en agitant la main.

Elle descendit les escaliers quatre à quatre. Quand ses pieds touchèrent le ciment du trottoir, un déclic se fit tout à coup dans sa tête. La princesse Carla! Une princesse sans bonbons et sans banque Unicef!

Mimi partit comme une flèche en direction de l'école en souhaitant qu'il ne soit rien arrivé à sa meilleure amie...

Quand elle tourna le coin de la 2e avenue, Mimi jeta un œil à la vitrine illuminée du dépanneur Labonté. La grosse horloge Molson indiquait sept heures dix.

—Zut, se dit Mimi. Je suis en retard. J'espère qu'ils vont m'attendre...

Au moment où elle allait se remettre à courir, son regard fut attiré par quelque chose de noir qui bougeait au fond du petit magasin. Elle approcha son visage de la vitre. C'était bien ce qu'elle avait cru voir: une longue cape noire s'agitait devant les frigidaires. L'individu se retourna, Mimi sursauta: c'était un vampire. Il tenait une bouteille de bière à la main et se dirigeait vers la caisse. Mimi recula pour ne pas être vue.

Mimi réfléchit un court instant. Le vampire correspondait tout à fait à la description qu'en avait fait le petit capitaine Haddock. Il pouvait avoir onze ou douze ans et il était grand et maigre. Seulement, elle ne pouvait pas être sûre que ce soit lui. Il n'était pas impossible qu'un autre garçon du même âge ait décidé lui aussi de se déguiser en vampire. Si au moins il avait été accompagné d'un homme des cavernes, ç'aurait été plus facile de sauter aux conclusions...

Mimi le regarda s'avancer vers la caisse. Dans les yeux de M. Labonté, elle crut lire la même question qui la chicotait: qu'est-ce qu'un vampire de douze ans peut bien faire avec une bouteille de bière?

Mimi regarda à nouveau l'horloge Molson. Il allait bientôt être sept heures et quart. Elle hésita. Elle avait envie d'attendre que le vampire sorte pour le suivre. Mais qu'est-ce que ça lui donnerait? Elle n'allait pas se jeter sur un inconnu pour l'accuser d'avoir volé la banque Unicef d'un capitaine Haddock de six ans... Si au moins Carla avait été là... Carla! L'image de son amie lui revint en tête. Avant toute chose, il fallait absolument qu'elle s'assure que Carla était bien saine et sauve. Sans compter que Carla aussi devait s'inquiéter. Mimi laissa tomber à regret ses projets d'enquête et se remit à courir en direction de l'école.

Au bout de quelques mètres, elle se retourna. Le vampire sortait du dépanneur avec un petit sac de papier brun à la main. Mimi eut un léger coup au cœur: il marchait dans sa direction.

Elle continua à courir. L'école n'était plus très loin. Quelques maisons et ça y était. Mimi ralentit le pas et se laissa aller sur l'élan de sa course. Elle était à bout de souffle. Avant d'entrer dans la cour de l'école, elle se retourna une dernière fois. Le vampire était toujours derrière elle. Il marchait calmement, sans se presser.

Mimi passa la porte de la cour de récréation. Un lampadaire y répandait une lumière d'un mauve assez glauque. Mimi n'eut pas du tout envie de s'y attarder pour attendre le jeune Dracula. Elle avait hâte d'être à l'intérieur maintenant. La cour d'école, la nuit, n'avait rien de rassurant. Au moment où elle mit la main sur la poignée froide de la porte d'entrée, elle entendit un sifflement. Elle se retourna brusquement, la main sur la gaine de son épée mais elle ne vit personne. Il y eut un autre sifflement. Mimi aurait juré que c'était tout près, pourtant elle ne voyait toujours rien ni personne. Il y eut un éclat de rire au loin et un bruit de verre cassé. La peur la gagna.

Mimi entra en catastrophe dans l'école. Elle courut dans les couloirs déserts jusqu'au gymnase où Mlle Duhaime leur avait donné rendez-vous. Elle poussa la porte avec tellement de force que celle-ci heurta violemment le mur de ciment blanc. Le bruit du choc résonna dans le grand gymnase vide.

Mimi avala sa salive. Le spectacle qui s'offrait à elle la remplissait de stupeur. Le gymnase était désert. Il était faiblement éclairé par des lampes en forme de chandeliers munies de toutes petites ampoules. Des chauves-souris de

carton pendaient du plafond et créaient des ombres mouvantes sur les murs. Une sorcière en trois dimensions chevauchait le cheval d'arçons et deux citrouilles édentées semblaient lui faire des clins d'œil sur la poutre. Mimi eut un frisson. Mais où étaient-ils donc tous passés?

La porte se referma derrière elle. Elle fit quelques pas.

— Il n'y a personne? demanda-t-elle d'une voix mal assurée.

Une silhouette se profila derrière la trempoline. Mimi aurait juré qu'il s'agissait d'un homme des cavernes. Elle poussa un petit cri. Puis, elle se ressaisit.

— Qui est là? demanda-t-elle d'une voix forte.

Après tout, elle était déguisée en pirate. Elle n'allait pas se comporter en mauviette. Elle déposa son sac à dos par terre et sortit son sabre.

— Sortez! ordonna-t-elle.

Un ballon, surgi d'on ne sait où, vint rebondir à ses pieds. Elle sursauta et, malgré sa résolution de courage, se précipita vers la porte.

Mimi entendit le rire cristallin de Carla au moment exact où elle passait dans le corridor.

— Mimi, arrête, n'aie pas peur, c'est moi... cria son amie en sortant derrière une caisse.

— T'es folle ou quoi? J'étais morte de trouille.

Mimi revint lentement dans le gymnase en remettant son sabre dans son étui.

— Eh bien, ça ne se voyait pas trop. Je suis assez fière de toi, lança Carla en riant. Où t'étais?

Mimi allait répondre quand elle reçut un ballon derrière la tête.

— Ça va, Mathieu, tu peux sortir, lui cria Carla.

Le garçon sortit, hilare, derrière la trempoline.

— On t'a bien eue, hein?

— Ah, c'était toi, l'homme des cavernes! C'est surtout à cause de ça que j'ai eu peur parce qu'il parait qu'il y a un vampire et un homme des cavernes qui...

— Tu les as rencontrés toi aussi? demanda précipitamment Carla.

— Non, mais...

— Moi, oui. Ils m'ont traînée dans la ruelle. Ils voulaient me voler mais je n'avais rien. Alors pour se venger, ils ont essayé de me faire mal. Les bêtas. Ils me tiraient les cheveux de la perruque comme si ça me faisait quelque chose! Moi, je criais à tue-tête, mais à l'intérieur, je rigolais. Ce qu'il faut être stupide...

— Mais comment tu sais qu'ils existent, toi, si tu ne les as pas vus? s'étonna Mathieu.

— J'ai rencontré une de leurs victimes. Un petit garçon d'environ six ans. C'est lui qui m'a raconté. Il a tout vu quand ils t'ont traînée dans la ruelle, dit Mimi à l'intention de Carla.

— Et il n'a rien fait pour m'aider? s'exclama la princesse. Le prince charmant est vraiment une espèce en voie de disparition, ajouta-t-elle d'une voie langoureuse.

— Il était haut comme ça, le pauvre, répondit Mimi pour le justifier.

— Et puis, ils étaient deux, non? argumenta Mathieu pour défendre son espèce. Et grands? Non?

— Oui, c'est vrai, admit Carla avec une moue de cinéma. Elle étirait les syllabes comme une diva.

— Mais où sont les autres de la classe? demanda Mimi.

Carla reprit son ton de voix normal pour répondre:

— Ils mangent la collation que Mlle Duhaime a préparée pour nous. C'est dans la cafeteria.

— Et vous n'y allez pas? s'étonna Mimi.

— On s'est caché pour t'attendre. On savait que tu arriverais bientôt.

— Du moins, on espérait, ajouta Carla.

— Bon, eh bien maintenant que tu es là, je ne vois pas pourquoi on se priverait plus longtemps, dit Mathieu en se dirigeant vers la porte du gymnase.

— Je ne vois pas non plus, répondit Mimi en marchant derrière lui. Tu viens, Carla?

— J'arrive, mes chéris...

Mimi sortit la première dans le couloir. Mathieu la suivit. Il maintint la porte ouverte pour laisser passer la princesse qu'il salua d'une profonde révérence. Aussitôt qu'elle fut devant lui, il posa le pied sur la traîne de sa robe pour l'empêcher d'avancer. Carla fit un faux-pas assez inélégant pour une dame de son rang.

— T'arrêtes, Cro-Magnon ou j'appelle mes gardes du corps? lui hurla la douce princesse.

— Qui? Quoi? J'ai rien fait, moi... fit-il, innocemment.

— Bon, allez, je serai bonne, je t'épargne pour cette fois, mais qu'on ne t'y reprenne plus.

— Mmhg, mmhg, grogna Mathieu, les bras pendants en bas des genoux. Carla leva les yeux au ciel:

— Mon pauvre garçon...

Elle se remit à marcher, la tête haute.

Ils n'avaient pas fait trois pas que l'homme des cavernes recommençait son petit jeu. Carla se retourna et, levant son bras dans les airs, elle ordonna:

— Qu'on lui tranche la tête!

Mimi sortit son sabre.

— À vos ordres, Majesté.

Mathieu tenta de se sauver en bondissant, les bras toujours au ras du sol. Mimi le rattrapa sans problème. Elle lui sauta dessus et ils roulèrent par terre. Les grognements de Mathieu se transformèrent rapidement en petits cris aigus parce qu'il était un homme des cavernes ultrachatouilleux et que Mimi connaissait bien les points faibles de son adversaire.

La princesse vint donner un petit coup de main à la pirate. Dix secondes plus tard, le garçon demandait grâce et promettait de ne plus recommencer.

Ils étaient encore tous les trois sur le plancher quand un bruit les fit sursauter. Mimi abandonna sa victime et se retourna.

— Qu'est-ce que c'était? demanda Carla.

— On aurait dit une porte qui se refermait, répondit Mathieu en se relevant.

Carla haussa les épaules.

— Ça doit être le vent. Peut-être que tu n'avais pas bien repoussé la porte d'entrée. Tu sais comment elle ferme mal...

— C'est juste que... commença Mimi.

— Que quoi? répondirent en chœur ses deux amis.

— C'est que je crois que j'ai rencontré le vampire. Il était au dépanneur et il s'en venait par ici...

— Et c'est maintenant que tu le dis? lâcha Mathieu.

— Ben j'étais pas sûre que c'était lui...

— Il ne doit pas y avoir trente-six personnes déguisées en vampire! dit Carla.

— On a pas besoin qu'il y en ait trente-six pour se tromper, il suffit qu'il y en ait deux.

— Et l'homme des cavernes?

— Présent! grogna Mathieu.

— L'autre, espèce d'imbécile!

— Ben justement, l'autre, il n'était pas là. Le vampire était seul. C'est pour ça que j'ai hésité. De toute façon, qu'est-ce que je pouvais faire? Je ne pouvais pas lui sauter dessus.

— Il fallait que tu viennes nous chercher, s'écria Carla. Moi, je pourrais le reconnaître.

— Tu crois que c'est lui qui est entré?

Mimi haussa les épaules:

— Je ne sais pas.

— Qu'est-ce qu'on fait? demanda Mathieu, les yeux brillants.

Sans réfléchir, Mimi lança:

— Eh bien, on va voir!

Ils se regardèrent tous les trois en souriant. Ils étaient d'accord.

— On va chacun dans une direction et on se retrouve ici dans cinq minutes, décida Carla. Moi, je vais à l'étage des classes. Toi, Mathieu, tu vas vers la cafeteria et toi, Mimi tu fais les autres corridors, du côté de la salle des professeurs. Ça vous va?

— Et si on le rencontre?

Mathieu avait posé la question avec un brin d'angoisse dans la voix. Il continua:

— Il a onze ou douze ans, non?

— Si on le rencontre...

Mimi ne put finir sa phrase, un brouhaha vint couvrir le son de sa voix.

— Ah non, voilà les autres, fit Carla, déçue.

Au bout du corridor, une porte venait de s'ouvrir laissant apparaître la petite classe de Mme Duhaime. Il y avait de tout, des clowns, des prisonniers, des fées, des animaux, des fruits et des légumes et même un stylo.

— Qu'est-ce que vous faites là? s'exclama Minh.

Il portait une robe à fleurs et avançait rapidement en la faisant froufrouter.

— T'as retiré ton nez de carton? lui lança Mathieu.

— Oui, Mlle Duhaime a dit que ce n'était pas bien de se moquer de la directrice...

— Il ne reste plus de tarte à la citrouille, dit Nadine Bissonnette, la bouche pleine. Elle avait un morceau de gâteau dans la main gauche et une pomme dans la main droite. Son habit de grenouille était taché de nourriture à plusieurs endroits.

Mlle Duhaime suivait son groupe, déguisée en bergère.

— Mais où étiez-vous donc? questionna la maîtresse.

— Oh, nulle part, juste ici, répondit Carla, légèrement contrariée. On attendait Mimi.

— Il faut trouver un moyen de se faufiler, souffla Mimi à mi-voix.

Les trois amis échangèrent des regards complices pendant que le reste de la classe envahissait le corridor.

Mathieu lui fit un clin d'œil:

— Compte sur moi. J'ai une idée.

— Vous vous mettez par groupe de deux, les enfants, cria la bergère à son troupeau.

— Qu'est-ce qu'elle a inventé encore? chuchota Carla.

— C'est normal que Miguel ait des cornes de métal et une lampe de poche sur le ventre? glissa Mimi à l'oreille de Mathieu.

— Bien sûr, c'est parce qu'il est déguisé en motocyclette, répondit le garçon. Tiens, il s'en vient justement... Tu vas voir ça. De près, c'est incroyable...

— Vroum, vroum! grondait Miguel en fonçant sur eux.

— Bon, ben j'y vais, moi, annonça Mathieu avec un petit air entendu.

— Où...? demanda Mimi.

Mathieu se retourna pour lui faire un clin d'œil. Il posa l'index sur sa bouche pour lui signifier de se taire, puis il partit vers le fond du gymnase. Au même moment, Miguel s'arrêtait à quelques centimètres de Mimi en imitant un son strident de freinage.

— T'es chanceuse que j'aie des freins à disque, la pirate sinon, bing! bang! Adieu les trésors...

— Tiens, une moto qui parle! J'avais encore jamais vu ça, dit Carla en appuyant sur le bouton qu'il avait sur l'épaule. Un son de klaxon s'en échappa.

Mimi sursauta.

— T'as vraiment rien oublié, Miguel. On dirait même que tu sens l'huile...

— De la Quaker State, madame, la meilleure. Je m'en suis mis quelques gouttes derrière les oreilles. Pour faire plus vrai.

Mimi ouvrit la bouche toute grande d'étonnement.

— Ça alors! T'es complètement fou!

— Moi, les moteurs, ça me rend dingue, lança la moto humaine, les deux bras en l'air.

— Alors, les enfants, qu'est-ce que vous attendez? cria Mlle Duhaime. J'ai dit deux par deux. Allez, Mimi, Carla, Miguel! Je vais vous montrer la danse des sorcières. Vous allez voir, c'est très amusant.

Tout en marchant vers le reste du groupe qui les attendait en rang, deux par deux, Carla tournait la tête dans tous les sens à la recherche de Mathieu. Elle regarda Mimi qui marchait à ses côtés et articula le nom de Mathieu sans émettre un son, simplement en bougeant les lèvres.

Mimi lui indiqua discrètement la direction de la trempoline derrière laquelle Mathieu se faufilait. Carla prit un air étonné. Mimi haussa les épaules.

— Il a dit qu'il avait une idée, souffla Mimi.

— Bon, maintenant que vous êtes prêts, nous allons pouvoir commencer, dit Mlle Duhaime. Vous savez tous que les sorcières ont des pouvoirs magiques? Bon, alors...

— AHHHH!

Un grand cri d'effroi s'éleva dans le gymnase, soudainement plongé dans le noir. Seul Miguel, avec sa lampe de poche, émettait une faible lueur jaunâtre.

— C'est les fantômes! hurla Nadine Bissonnette, la reine des peureuses. Je le savais! Je le savais que ça arriverait...

S'il n'avait pas fait si noir, tout le monde aurait pu voir qu'elle était aussi verte que son habit de grenouille.

— Du calme, les enfants, ça doit être simplement la prise électrique qui est mal branchée. Je vais aller voir. Miguel, viens ici, je vais avoir besoin de toi. Tu vas me servir d'éclairage.

Pendant que Miguel avançait en «vroumvroumant» à travers les clowns, les cow-boys et les chatons pour se rendre jusqu'à la maîtresse, les commentaires allaient bon train. Les enfants étaient tous tellement excités que personne n'entendit Mathieu quand il s'écrasa au sol, juste après avoir buté sur une des pattes de la trempoline. Il se releva juste à temps, car Mlle Duhaime et Miguel venaient de passer derrière la trempoline, là où se trouvait la prise électrique qu'il avait débranchée. Le faisceau de la lampe de poche de Miguel lui effleura à peine le pied.

Mathieu marcha le plus rapidement qu'il put dans le noir du gymnase, à la recherche de ses deux amies.

— Voyons, comme c'est bizarre! s'écria Mlle Duhaime lorsqu'elle eût enfin trouvé la prise de courant.

Mathieu se dit qu'il avait eu une bonne idée d'entortiller le fil électrique autour d'un des élastiques de la trampoline. Mlle Duhaime mettrait plus de temps avant de rallumer ses faux petits chandeliers.

Mimi! Carla! chuchota Mathieu, pour accélérer les choses.

Il fallait qu'il retrouve rapidement ses amies avant que la lumière revienne. Si au moins ce satané Miguel s'était déguisé en carburateur plein de graisse au lieu de se déguiser en motocyclette, il aurait eu plus de temps...

Où sont-elles? se demanda-t-il. Son regard croisa la lampe rouge indiquant la sortie. Elle était toujours allumée. C'est à ce moment là qu'il compris, mais c'était trop tard, l'électricité revenait

dans le gymnase dans un grand Ahhh!
de soulagement.

Mathieu piétina le sol de rage.

— Ce que je peux être nono! se dit-il
en se cognant le crâne avec les poings.
Comment n'y ai-je pas pensé avant?

Il releva la tête. Nadine Bissonnette
le regardait, les yeux écarquillés.

— Bouh! lui cria-t-il.

Elle sursauta, haussa les épaules et
tourna les talons.

*

Le cri de soulagement de la classe
parvint à Mimi et Carla, assourdi par
l'épais mur de ciment.

— Ça y est, c'est rallumé, dit Carla,
en appuyant son dos contre le mur du
corridor.

— Zut! lâcha Mimi, debout devant
elle. Et Mathieu qui n'est pas là...

— Mais qu'est-ce qu'il fait? demanda
Carla.

— Il doit nous chercher à l'intérieur,
je suppose...

— S'il nous avait fait un peu confiance aussi... Des fois, on dirait qu'il

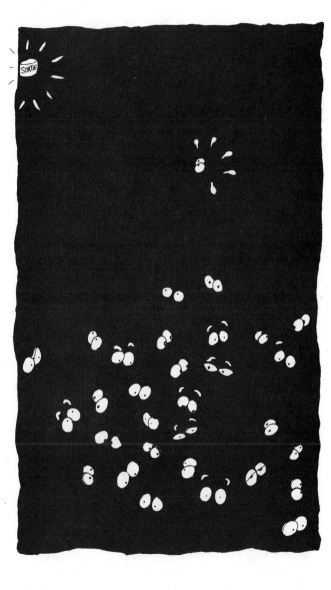

nous prend pour des cruches. Ça lui apprendra.

— Il ne pouvait pas deviner qu'on comprendrait si vite que c'est lui qui avait éteint.

— C'est bien ce que je dis, il nous prend pour des cruches.

— Carla, tu exagères. Et puis, on ne sait pas, il lui est peut-être arrivé quelque chose...

— Toujours prête à défendre son petit Mathieu adoré.

— C'est pas ça...

Il y eut un moment de silence.

— Bon, on le chasse ce vampire ou on reste là à attendre le prince charmant? demanda la princesse, les poings sur les hanches.

— Bien sûr qu'on le chasse! répondit la pirate. Mathieu viendra nous rejoindre, c'est tout.

— Alors, on fait comme on a dit tout à l'heure? continua Carla. Je vais vers les classes et toi vers la salle des professeurs?

— Oui, oui, c'est très bien, répondit Mimi sans trop d'enthousiasme.

Carla fit quelques pas.

— Carla? chuchota Mimi qui n'avait pas bougé.

— Quoi, Mimi? demanda Carla, le cœur battant.

Mimi hésita avant de lâcher:

— Et si on y allait ensemble...?

Carla se jeta dans les bras de son amie.

— Ah! Si tu savais comme ça me soulage! J'étais morte de peur et j'osais pas le dire. Je ne voulais pas être moins brave que toi.

Mimi éclata de rire.

— Ben, tu vois, tu l'étais plus que moi.

*

— Vous vous mettez dos à dos, cria Mlle Duhaime pour bien se faire comprendre, malgré le piaillement continuel des élèves. Elle ne voulait pas faire de discipline une soirée comme celle-là, mais si ça continuait, elle n'aurait plus de voix pour faire sa classe le lendemain.

Mathieu appuya son dos contre celui de Miguel. Il était encore de très mauvaise humeur et n'avait qu'une seule idée: trouver le moyen d'aller rejoindre Mimi et Carla.

— Arrête de faire la gueule, Mathieu. Si tu crois que c'est drôle de danser avec toi.

— Hey, la moto, si t'es pas content, tu peux aller jouer dans le trafic. Et puis, ne te colle pas trop sur moi, tu pues.

— Mathieu, qu'est-ce qu'il y a? C'est parce que Mimi et Carla sont sorties pendant qu'il faisait noir?

— Comment tu sais qu'elles...

Mathieu se retourna, surpris. Son mouvement fut trop brusque. Il s'écorcha la joue sur la poignée gauche de la moto.

— Aïe! T'es fou ou quoi? hurla Mathieu en se tenant la joue où perlait une petite goutte de sang.

— Mais j'ai rien fait, c'est toi qui ne regardes pas où tu vas!

— On a pas idée de se déguiser en moto aussi!

— Vous faites trois pas en avant, trois pas en arrière, sans vous décoller, s'égosilla la maîtresse. Ensuite, vous attrapez la main de votre partenaire que vous faites semblant de mordre à pleines dents. Vous faites un quart de tour vers l'avant, continua la maîtresse, en tournant le dos à ses élèves.

— Viens vite au lieu de râler, chuchota Miguel en tirant le bras de Mathieu.

Quand la maîtresse fit un demi-tour sur elle-même pour vérifier si tout le monde la suivait, elle ne remarqua pas que les deux derniers danseurs du rang venaient de disparaître.

— Bon, eh bien, il faut se faire à l'idée, il n'y a personne, dit Carla en s'asseyant sur les marches de l'escalier.

Mimi prit appui sur la rampe et insista:

— Pourtant, je suis sûre d'avoir entendu du bruit quand on était près de la salle des professeurs.

— Du bruit, ça ne veut rien dire. Ils sont trente dans le gymnase à sauter et à crier. Ça venait peut-être de là... On a fouillé tous les coins et on n'a rien vu. Alors...

— Il y a un endroit où nous ne sommes pas allées... reprit Mimi en baissant le ton. Le son de leurs voix, qui se répercutaient dans la cage d'escalier, l'impressionnait.

— Où ça?

— Dans la cave!

— Tu sais bien que la porte est toujours barrée.

Mimi ouvrit la bouche pour répondre mais Carla la coupa:

— Je sais qu'il y a une fenêtre brisée qui donne sur la cour d'école mais on n'a pas le droit d'y aller, tu le sais très bien...

Carla cessa subitement de parler. À l'étage au-dessus, la porte de l'escalier venait de s'ouvrir. On entendit quelques pas. Carla saisit le bras de Mimi et y enfonça ses ongles.

— Aïe, s'écria Mimi en essayant de se dégager.

— Chut! fit Carla en desserrant son étreinte.

— Tu vois bien qu'elles ne sont pas là, dit une voix de garçon en provenance du deuxième.

— On dirait Miguel, souffla Carla.

— Je suis sûre qu'elles sont là, répondit une autre voix.

Mimi la reconnut tout de suite:

— Ça, c'est Mathieu! dit-elle avec un large sourire.

Mimi s'élançait pour lui répondre mais Carla lui mit brusquement la main sur la bouche. Mimi fit des yeux étonnés.

— On va leur faire une blague, chuchota Carla. On va se cacher et on va leur faire peur.

— Excellente idée! s'exclama Mimi en jubilant à l'avance.

— On va voir à la cave? demanda Mathieu.

Mimi roula des yeux.

— Il a toujours les mêmes idées que moi... murmura-t-elle, les mains sur le cœur.

Carla lui fit signe de se taire.

— À la cave? répéta Miguel. T'es fou?

— T'es pas obligé de venir, si t'as peur, continua Mathieu.

— C'est pas ça...

— Alors...?

— La porte est toujours barrée.

— Justement, on ne risque rien à aller voir.

— Ouais, mais...

— De toute façon, tu ne peux pas

retourner au gymnase maintenant, si tu danses tout seul, Mlle Duhaime va remarquer quelque chose.

— Bon, d'accord, on y va, concéda finalement Miguel, un peu à contre-cœur.

Carla fit signe à Mimi d'attendre. Quand elles entendirent les pas des garçons dans l'escalier, elles commencèrent à descendre doucement les marches en se tenant par la main.

Quand elles arrivèrent au dernier palier, Mimi tira sur le bras de Carla et pointa devant elle avec son menton. Carla leva la tête et resta figée un moment: tout en bas, la porte de la cave était légèrement entrouverte.

— On y va? demanda-t-elle.

— Maintenant qu'on est là... murmura Mimi.

— Brrr... quel endroit sinistre, dit Carla quand elles furent passées de l'autre côté de la porte.

Une multitude de tuyaux poussiéreux couraient sous un plafond bas. Les quelques ampoules qui n'étaient pas brûlées semblaient créer plus d'ombre que de lumière et le système d'aération émettait un grondement assourdissant.

— Vite, il faut qu'on se cache avant qu'ils arrivent, souffla Carla.

— Là, derrière le tas de vieux meubles, suggéra Mimi.

— Ça va être parfait, répondit Carla.

Elles contournèrent l'amoncellement de tables à trois pattes et de chaises à dossiers tordus pour aller se réfugier derrière. Carla ouvrit le panneau d'un vieux pupitre pour mieux se dissimuler.

— C'est super, ça, pour se cacher! s'exclama-t-elle.

— Tu ne trouves pas que ça leur prend du temps? s'inquiéta Mimi.

— Les voilà! chuchota Carla, en tirant Mimi vers elle.

La porte se referma avec un claquement sec.

— Tu les vois? demanda Mimi qui avait préféré s'accroupir au sol.

— Il ne fait pas très clair... Ah... Oui... J'aperçois ton homme des cavernes, chuchota Carla, toute excitée à l'idée du tour qu'elles allaient leur jouer.

Mimi ne put résister à la tentation, elle releva la tête pour regarder. Son

sang ne fit qu'un tour dans ses veines:
un vampire suivait l'homme des cavernes!

— Ce n'est pas Mathieu! murmura
Carla en enfonçant la tête de Mimi derrière un dossier de chaise. C'est l'autre
homme des cavernes, celui de la ruelle!

— Et la porte qui s'est refermée!
gémit Mimi.

— Aïe! Aïe! Aïe! lâcha Carla en
regardant son amie.

— On reste calme et on ne bouge
pas, dit Mimi le moins fort qu'elle put.
Pour le moment, on ne risque rien, on
est bien caché.

— Je ne suis pas fou, je suis sûr que
j'ai entendu des voix, dit l'homme des
cavernes.

— Je te l'ai déjà dit, il y a une classe
au grand complet dans l'école et comme
c'est pas des sourds-muets, ben ça leur
arrive de parler...

— Ne ris pas de moi, s'ils nous repèrent, tu sais ce qui va arriver...

Le vampire se retourna.

— Pourquoi veux-tu qu'ils nous
repèrent? Est-ce que t'as été suivi?

— Non... répondit l'autre.

— Bon! s'exclama le vampire.

Il allait se remettre à marcher quand la porte fut secouée de l'extérieur.

— Je te l'avais dit qu'il y avait quelqu'un! s'écria précipitamment l'homme des cavernes en courant vers son ami.

— On ne risque rien. Quand ils vont voir que la porte est barrée, ils vont s'en retourner, c'est tout.

— Ça, c'est sûrement Mathieu et Miguel qui essaient d'entrer! glissa Mimi à l'oreille de Carla.

— Qu'est-ce qu'on fait? demanda celle-ci.

Mimi haussa les épaules.

— Tu vois, ils sont déjà repartis, dit le vampire.

— Félix! Sébastien! C'est vous?

La voix provenait du plus profond de la cave, d'un coin que Mimi et Carla ne pouvaient pas voir. C'était une grosse voix d'homme, à la fois grave et éraillée.

Carla enfonça à nouveau ses ongles dans la chair de Mimi.

— Qu'est-ce que c'était? demanda la princesse, terrorisée.

— Je ne sais pas, répondit Mimi, qui avait trop peur pour penser à se dégager des griffes de son amie. Si je croyais encore aux ogres, je dirais que c'en est un.

— Oui, oui, c'est nous, Maurice, cria le vampire pour couvrir le bruit de la ventilation. On a ce que tu nous as demandé, ajouta-t-il en montrant le petit sac de papier brun qui était dissimulé sous sa cape.

— Mais tu n'auras pas d'examen aujourd'hui, on les a pas trouvés, dit l'homme des cavernes en fonçant vers l'endroit d'où provenait la voix.

— Qu'est-ce qu'il a dit? s'étonna Mimi.

— Je n'ai pas bien compris, répondit Carla.

— Il a dit: tu n'auras pas d'examen!?

— Ça ne se peut pas. Tu as dû mal comprendre...

— Les deux garçons s'engouffrèrent derrière l'immense système de ventilation.

— Mimi se redressa et fit quelques pas.

— Où tu vas? demanda Carla en la rattrapant par un pan de son costume.

— Eh bien, on y va, non? On va au moins voir ce qu'ils trafiquent et d'où vient cette espèce de voix d'ours...

— Tu as raison.

En marchant sur la pointe des pieds, les deux filles avancèrent silencieusement vers le fond de la cave.

Arrivées près du système de ventilation, Mimi et Carla hésitèrent.

— Si on va plus loin, on risque de se faire remarquer, dit Mimi.

— Oui, mais si on reste ici, on ne verra rien, répliqua Carla.

— Peut-être que si tu montais sur mon dos, tu pourrais voir par dessus ce gros tuyau.

— J'aimerais mieux que ce soit toi qui montes parce qu'avec cette jupe, ce n'est pas pratique, répondit Carla.

Mimi se félicita d'avoir choisi le costume de pirate plutôt que celui de gitane.

— Tu es sûre que ça ira? demanda-t-elle à son amie tout en prenant appui sur ses épaules.

— Sûr. Pourvu que tu ne passes pas la soirée là...

— Attends, j'ai une meilleure idée. En forçant un peu...

Mimi s'agrippa à une manette du système de ventilation et se hissa jusqu'au gros tuyau. Elle se coucha à plat ventre dessus. Elle fit un clin d'œil à Carla pour lui signifier que tout allait bien. Puis, elle se tourna vers l'avant.

Le vampire tendait un sac de papier brun à une personne que Mimi n'arrivait pas à voir.

— Merci, les gars, répondit la grosse voix rude.

Le système de ventilation faisait un tel boucan que les voix lui parvenaient difficilement.

— Qu'est-ce que tu vois? chuchota Carla.

— Pas grand chose, attends.

Mimi avança en rampant le long du tuyau. Elle s'arrêta net quand elle vit deux grosses mains poilues attraper le sac et en sortir une bouteille de bière.

Mimi recula un peu, sous le coup de la peur.

— Et alors? demanda Carla qui se mourait de curiosité.

— Ben, il y a quelqu'un...

— Ça, on s'en doutait. C'est qui?

— Je ne sais pas, je ne l'ai pas vu.

— Mais va voir, tu es là pour ça, non? s'exclama Carla.

Mimi acquiesça, prit son courage à deux mains et rampa à nouveau vers l'avant. Une tête hirsute apparut dans la lumière. Deux yeux rouges et globuleux ornaient un vieux visage recouvert d'une barbe d'une couleur indéfinissable. Il buvait la bière à grandes gorgées. Mimi réprima un cri.

— Qu'est-ce qu'il y a? demanda Carla qui ne la quittait pas des yeux.

Mimi articula:

— C'est... c'est un ogre!

— Voyons Mimi, c'est impossible!

Mimi recula le long de son tuyau et redescendit prestement au sol.

— Va voir, je te dis que c'est un ogre...

— Mais... balbutia Carla.

— Enlève ton costume, sinon tu n'y arriveras pas.

— Mais je vais me salir, regarde de quoi tu as l'air!

— Tu veux le voir ou tu ne veux pas le voir? Allez vite!

Carla obéit, intriguée. Elle grimpa comme Mimi l'avait fait et rampa le long du tuyau.

La première chose qu'elle vit fut le vampire assis sur un amas de couvertures, jouant avec les pages d'un livre de mathématiques. L'homme des cavernes fouillait dans un sac d'école. Son regard croisa ensuite une espèce d'épouvantail, debout à côté d'eux.

— C'est vrai qu'il est pas très joli, se dit Carla.

Il portait de vieux vêtements qui avaient l'air très sale. Ses cheveux n'avaient pas dû être peignés depuis des années et quand il ouvrait la bouche, on pouvait voir qu'il lui manquait plusieurs dents. Le vampire se frappa le front, dit quelque chose aux deux autres que Carla n'entendit pas, puis il sortit de son champ de vision.

Carla recula, toujours à plat ventre.

— C'est pas un ogre, c'est un pauvre homme qui...

Carla arrêta sa phrase au beau milieu et demeura bouche bée. Mimi avait disparu.

— D'accord, tu peux venir avec moi, Miguel, mais à une condition, dit Mathieu.

— Laquelle? demanda Miguel.

— T'arrêtes ton bruit de moteur et tu fermes ta lampe de poche!

— Ça va, dit l'homme-moto en éteignant à regret son phare avant.

— Merci.

Mathieu se mit à genoux sur le sol humide de la cour d'école.

— Bon, j'y vais en premier, annonça-t-il en passant les jambes par la vitre brisée du soupirail. Tu feras attention de ne pas te blesser, Miguel, c'est plein de petits morceaux de verre.

Miguel le regarda se faufiler à l'intérieur. Le plus difficile, c'était de sauter
de la fenêtre au sol sans faire de bruit.
Mathieu y parvint sans peine.

— À toi, Miguel!

Miguel s'accroupit et passa une
jambe. Quand il se retrouva à plat ventre dans le cadre de la fenêtre, les jambes pendant dans le vide, il réalisa que
ses poignées ne passaient pas.

— Tu te dépêches? le pressait
Mathieu à voix basse.

— Je fais ce que peux, répondit le
pauvre Miguel en essayant de retirer le
casque qui soutenait son guidon.

— Vite, on dirait qu'il y a quelqu'un
qui vient! Vite, je te dis!

— Je vais te rejoindre aussitôt que
j'aurai réussi à enlever ce foutu casque,
lui cria Miguel en ressortant par la
fenêtre.

Mathieu courut se réfugier à l'abri,
derrière le tas de meubles. À travers les
pattes des chaises, il aperçut un garçon
déguisé en vampire se dirigeant vers la
porte qui donnait sur l'escalier. C'était
donc vrai, ils étaient là! L'homme des

cavernes ne devait pas être loin. Il fallait se méfier.

Tout à coup, il sentit une main sur son épaule. Il voulut crier mais une deuxième main s'abattit sur sa bouche.

— C'est moi! lui dit Mimi dans l'oreille.

— Tu m'as fait peur!

— Je te devais bien ça, répondit Mimi en rigolant. T'étais pas avec Miguel?

— Oui, mais il est resté coincé dans la fenêtre avec ses poignées de moto. Et Carla, où est-elle?

— Elle doit être encore couchée sur un tuyau de ventilation. C'est là que je l'ai laissée.

— Qu'est-ce qu'elle fait là?

— Elle regarde l'ogre.

— Le quoi?

— Viens, on va aller la rejoindre, elle doit me chercher. J'ai été obligée de me cacher à cause du vampire

Mimi regarda à gauche et à droite pour vérifier si la voie était libre.

— Ça va, dit-elle à Mathieu. Viens.

Ils traversèrent la cave en courant jusqu'au système de ventilation. Miguel, qui était enfin parvenu à entrer, vint les rejoindre. Il avait le costume de Carla dans les mains.

— Il y a un vampire et un... un... bégaya-t-il.

— Un genre d'ogre, hein? souffla Mimi.

— C'est ça! Un... un ogre. Il n'y a pas d'autre mot. Qu'est-ce qu'ils ont fait à Carla? demanda-t-il en montrant le costume de princesse qu'il tenait toujours à la main.

— Rien du tout, chuchota cette dernière du haut de son tuyau. Tiens, Miguel, t'as perdu tes guidons. Tu as eu un accident?

— Pas si fort, les supplia Mathieu.

— Ça ne risque rien, répliqua Carla. Avec le bruit que fait cette machine, je suis sûre qu'ils ne nous entendent pas.

— Et alors, demanda Mimi, c'est un ogre ou pas?

— Tu dis n'importe quoi, c'est un vieil homme, c'est tout. D'accord, il est un peu sale et dépeigné, mais il n'a pas l'air dangereux.

— Et qu'est-ce qu'ils font? continua Mimi.

— Eh bien, je ne comprends pas trop. En premier, l'homme des cavernes a donné plein de bonbons au bonhomme qui les a tous mangés. Là, ils se sont assis sur des vieilles boîtes l'un à côté de l'autre et ils regardent un livre ensemble. On dirait que l'homme des cavernes raconte une histoire au vieux. C'est bizarre.

— Est-ce que je peux aller voir? demanda Miguel.

— Si tu veux, répondit Carla, en amorçant sa descente. Seulement, tu vas voir, c'est sale.

— C'est pas ça qui va faire peur à un mécanicien comme moi...

Les trois amis regardèrent Miguel se hisser jusqu'au tuyau.

— Qu'est-ce que vous faites là? cria une voix derrière eux.

Mimi, Mathieu et Carla se retournèrent brusquement. Le vampire était debout, à quelques mètres d'eux et les menaçait avec un grand bâton.

— Qui vous a permis de venir dans la cave?

— Et toi? lui répondit Mimi. C'est même pas ton école.

— C'est moi qui pose les questions, ajouta-t-il en lui balançant le bâton à deux pouces du nez. Vous, vous la fermez. Allez, avancez maintenant, leur ordonna-t-il.

Ils obéirent et commencèrent à marcher lentement, sans un mot.

— *Vete a buscar a la profesora*,* hurla Carla de toutes ses forces quand ils eurent fait quelques pas.

— Qu'est-ce qu'elle a dit? beugla le vampire.

Mimi et Mathieu se regardèrent, perplexes.

— J'ai dit: s'il vous plaît, ne nous faites pas mal.

— On vous fera rien si vous coopérez.

L'homme des cavernes surgit tout à coup derrière le système de ventilation.

— Qu'est-ce qui se passe?

— Regarde ce que j'ai trouvé, dit le vampire.

— Je le savais que ça finirait par arriver, gémit l'homme des cavernes.

Carla, Mimi et Mathieu firent encore quelques pas et s'arrêtèrent net, le monstre humain venait d'apparaître et il fonçait sur eux en courant.

---

* Va chercher la maîtresse.

L'homme sale et puant se précipita à genoux devant les trois enfants. Il dit de sa grosse voix éraillée:

— S'il vous plaît, ne dites rien. Je ne fais de mal à personne. Je n'ai pas de maison. Je viens ici parce qu'il fait chaud près du système de chauffage. Je ne vole rien. Je ne fais rien de mal. Ayez pitié de moi.

Les trois amis ouvraient de grands yeux étonnés.

— Et eux? demanda Carla.

— Sébastien et Félix ne font rien de mal non plus. Parfois, ils m'apportent à manger et ils me montrent à lire et à écrire. C'est tout.

— C'est pour ça qu'ils attaquent les enfants le soir de l'Halloween? continua Carla.

L'homme se retourna vers ses amis et les regarda d'un air de reproche.

— On ne trouvait pas d'argent pour ta bière, répondit Sébastien, le vampire.

— Et puis, on pensait que ça te ferait plaisir de manger des bonbons...

— Je vous ai dit mille fois de ne pas faire de bêtises pour moi, les gronda le vieil homme.

— Carla! Mimi! Mathieu!

— C'est Mlle Duhaime! s'écria Mimi.

— Regardez où ça nous a menés. Nous voilà découverts! se lamenta le malheureux. J'étais si bien ici, continua-t-il, en sanglotant. Je savais presque lire.

— On est ici! répondirent en chœur, les trois amis.

La bergère arriva enfin jusqu'à eux.

— Ouach! hurla Nadine Bissonnette, qui ne s'éloignait jamais à plus de deux pieds de la maîtresse.

— Ça alors! s'écria Minh quand il arriva à son tour.

— Je te l'avais dit, hein? lui répondit Miguel.

Le reste de la classe vint les rejoindre et se placèrent tout autour de la maîtresse en silence. Le pauvre homme était toujours par terre et sanglotait.

— Relevez-vous, monsieur, lui dit doucement Mlle Duhaime.

Il releva la tête et eut un air éberlué devant tous ces enfants costumés qui le regardaient.

— Ne vous en faites pas, monsieur, dit Mimi. Mlle Duhaime, c'est la maîtresse qui a le plus d'idées dans l'univers. Elle va sûrement trouver une solution à vos ennuis.

— Est-ce que quelqu'un peut m'expliquer ce qui se passe ici? demanda la maîtresse.

Mimi lui raconta l'histoire depuis le début. Toute la classe l'écoutait avec attention. Mlle Duhaime se frottait le nez avec l'index de la main gauche, ce qui chez elle était le signe d'une grande concentration.

— Bon, pour commencer, on va tous remonter. Vous aussi, les deux grands, dit Mlle Duhaime en pointant Félix et

Sébastien. Venez avec nous, monsieur. Vous n'avez rien à craindre.

Ils remontèrent ensemble vers le gymnase. La classe bigarrée de Mlle Duhaime entourait Maurice qui ne disait pas un mot et marchait la tête basse. Chacun lui jetait des regards curieux, tout en essayant d'avoir l'air de regarder ailleurs.

— Mimi, Carla et Mathieu, vous allez conduire M. Maurice à la cafétéria. Il y a des restants de la collation que je vous ai préparée, dit Mlle Duhaime.

— Monsieur, vous mangerez tout ce que vous voudrez. Faites comme chez vous... Eh... Ne vous gênez pas, je veux dire.

— Et moi, madame? demanda Miguel. Est-ce que je peux y aller aussi?

— Bon, d'accord. Les deux grands, venez avec moi. Les autres, vous restez dans le gymnase et vous vous tenez tranquilles. Je reviens tout de suite.

Elle quitta le gymnase, d'un pas ferme et rapide qui n'allait pas du tout avec son habit de bergère. Le vampire et l'homme des cavernes durent courir pour la rattraper.

Quand ils furent arrivés à la cafétéria, Mimi décida de faire les présentations.

— Moi, c'est Mimi, dit-elle en ten-
dant bravement sa main à l'homme qui
lui faisait encore un peu peur.

Celui-ci prit sa petite main dans sa
grosse patte poilue et la serra gentiment.

— Moi, c'est Maurice, répondit-il,
après s'être raclé la gorge.

— Elle, c'est Carla, c'est ma meilleure amie. Et voici Mathieu et Miguel,
continua-t-elle.

Maurice leur serra la main chacun
leur tour.

— Allez, mangez maintenant, lui
lança Carla quand les présentations
furent faites.

— Je ne mangerai pas si vous ne
mangez pas aussi, répondit Maurice.

— Marché conclu! s'exclama Mathieu
en se précipitant vers la table. J'ai une
de ces faims...

Pendant qu'ils mangeaient, Mimi
posa tellement de questions que Maurice accepta de leur raconter son histoire. Il était né en Belgique et avait

pris le bateau pour le Canada quand il avait six ans. Ses parents étaient morts peu après d'une maladie bizarre dont il ne se rappelait plus le nom. Il n'était jamais allé à l'école parce qu'il avait été obligé de travailler dès qu'il avait eu huit ans. Plus tard, il s'était marié et avait eu deux enfants, mais toute sa famille était morte dans l'incendie de sa maison. Maurice était tellement triste qu'il avait commencé à boire sans arrêt. Tellement, qu'il avait perdu son emploi et s'était retrouvé à la rue.

Depuis dix ans, il errait dans la ville à la recherche d'un peu de nourriture et d'un endroit chaud pour dormir la nuit. Il n'avait plus le courage de s'en sortir. Jusqu'à ce qu'il trouve cette fenêtre cassée à l'école et qu'il y rencontre Félix et Sébastien qui venaient là pour fumer des cigarettes en cachette. Ils s'étaient liés d'amitié et les garçons lui avaient promis de lui enseigner à lire et à écrire. C'était un des grands rêves de sa vie.

Mlle Duhaime arriva juste au moment où Maurice terminait son histoire. Elle regarda avec étonnement les quatre enfants, la larme à l'œil, assis

devant le vieil homme. Ils n'avaient pra-
tiquement pas touché à la collation.

— Monsieur Maurice, j'ai une propo-
sition à vous faire, commença la maîtresse.

Mimi tapa sur l'épaule de Maurice.

— Je vous l'avais dit qu'elle aurait
une idée...

Maurice sourit faiblement. On aurait dit qu'il n'avait pas vraiment confiance.

— J'ai une amie qui travaille dans un centre d'accueil pour les sans-abri, continua Mlle Duhaime. Je lui ai téléphoné et elle accepte de vous prendre avec eux. Si vous voulez, vous pourrez vous présenter demain matin, à huit heures. Pour cette nuit, vous dormirez dans la cave, comme d'habitude. Qu'est-ce que vous en dites?

— Et Félix et Sébastien? articula seulement le vieil homme.

— Je leur ai promis de ne pas avertir leurs parents à la condition qu'ils continuent d'aller vous visiter au centre d'accueil pour vous enseigner à lire et à écrire. Ils sont d'accord. Je dois dire qu'ils étaient même très contents de s'en tirer aussi facilement.

Maurice baissa la tête. Mimi se demanda s'il réfléchissait ou s'il allait se remettre à pleurer.

— Il pourrait peut-être dormir dans le gymnase avec nous, suggéra Carla.

— Non, non, je ne veux pas vous déranger, répondit Maurice. Je vais dormir dans mon petit coin et je vais réfléchir à tout ça.

Pendant que Maurice hochait tristement la tête, Mimi se dirigea vers la maîtresse et lui glissa quelque chose à l'oreille. Mlle Duhaime se frotta le bout du nez un instant, puis elle s'exclama:

— D'accord, c'est une bonne idée! Monsieur Maurice, quand vous saurez bien lire, vous serez autorisé à venir emprunter des livres à notre bibliothèque scolaire. C'est une permission très spéciale que nous n'accordons que très rarement à des adultes.

Maurice releva la tête. Il avait les yeux pleins d'eau. Il sourit et remercia tout le monde en s'essuyant les yeux de sa grosse main poilue.

— Maintenant, il est assez tard, conclut la maîtresse. Il faut aller se coucher.

Les quatre enfants saluèrent Maurice et lui serrèrent la main une dernière fois.

— À bientôt, dit Mimi.

— À bientôt, répondit Maurice, la gorge serrée.

Il était au moins dix heures quand la classe de Mlle Duhaime se prépara enfin à se mettre au lit.

Le silence ne se fit pas tout de suite dans le grand gymnase de l'école qui, pour l'occasion, s'était transformé en dortoir. Quand tout le monde fut bien installé dans son sac de couchage, Mimi raconta en long et en large l'histoire de la vie de Maurice à toute la classe.

— Quelle triste histoire, dit Mlle Duhaime.

—Imaginez, si vos parents mou-
raient la semaine prochaine et que vous
deviez travailler, lança Carla.

—Heureusement, ça ne se passe
plus comme ça maintenant, répondit
Mlle Duhaime. De nos jours, il y a des
lois qui empêchent les enfants de travailler...

—Moi, ce que je n'arrive pas à

croire, c'est que quelqu'un ait voulu marier ça! s'écria Sophie Bissonnette.

— Ce qu'elle peut être imbécile, hurla Minh en se tapant sur la tête.

— Voyons, Sophie, répliqua Mlle Duhaime, Maurice était peut-être un très bel homme quand il était jeune.

— Oui, mais il est tellement sale...

— Avant, il n'était pas comme ça. Il avait une maison et il se lavait, ajouta Mimi.

— Ça, c'est lui qui le dit, répondit Sophie, sceptique.

— Bon, les enfants, je crois que ça suffit pour ce soir, décida la maîtresse. Dormez maintenant. Nous reparlerons de tout ça demain.

Malgré les recommandations de leur professeur, Mimi et Carla continuèrent à chuchoter pendant quelques minutes.

— Je pense que Miguel est amoureux de toi, dit Mimi à l'oreille de Carla qui dormait juste à côté d'elle.

— Tu crois? demanda celle-ci.

— T'aurais dû voir sa tête quand il a trouvé ton costume et que tu n'étais pas dedans.

— C'est vrai?

— J'ai cru qu'il allait se mettre à pleurer.

— Vos gueules, les filles, on veut dormir, murmura Miguel en les pointant avec sa lampe de poche.

Carla lui fit un clin d'œil et rabattit sa couverture sur sa tête.

Miguel éteignit sa lampe de poche et sourit, tout seul dans le noir. Ç'avait été une soirée merveilleuse.

Typographie et mise en pages:
Zéro faute

Achevé d'imprimer en octobre 1992
sur les presses
des Ateliers graphiques Marc Veilleux
à Cap Saint-Ignace, Québec